郴江百詠箋校

陳九韶 撰

據國家圖書館藏民國二十一年（一九三二）鉛印本影印原書版框高十八點六厘米寬十二點二厘米

郴江百詠原序

郴古桂陽郡陳躋故事盡載圖史亦間見於名人才士歌咏如杜子美寄聶令入郴州韓退之郴江柳子厚登北樓沈佺期望仙山戴叔倫過郴州之類是也山川寺觀之勝城郭臺榭之壯未經品題者尚多亦可惜爾余官於郴三年常欲補其闕愧無大筆雅思可爲然而暇日時作一二小詩遂積至於百篇雖不敢比躋前輩使未嘗到湖湘者觀之亦可知郴在荆楚自是一佳郡也

宣和甲辰二月中和日舒城阮閱序

清四庫全書提要

臣等謹案郴江百咏一卷宋阮閱撰閱字閎休舒城人建炎初官至知袁州府事撰有詩話總龜別著録又有松菊集今佚不傳此郴江百咏則其宣和中知郴州時作其詩多入論蓋宋代風氣如是而閱素留心吟咏多識遺篇故尚不落爲酸腐之語如東山詩云藜杖芒鞋過水東紅裙寂寞酒樽空郡人見我應相笑不似山公與謝公又乾明寺詩云直松曲棘都休道庭下山茶爲甚紅往往自有思致又如愈泉一首所謂古人詩病知多少試問從來療得無語雖著相然自爲其詩話一編而作是亦詩中有人異

乎馬首之絡者矣此本出自厲鶚家百咏缺其八考郴江志亦不載吳之振選宋詩鈔及曹庭棟選宋詩存均未及收存之亦可補各家選本之遺惟每題之下不註本事非對圖經而讀之有茫不知爲何語者或傳寫佚之歟袁州府志載其宣風道上詩一首題春波亭詩一首鮑氏知不足齋本錄於此集之末以補松菊集之遺今亦從鮑本並錄存之焉乾隆五十年四月恭校上

總纂官臣紀昀臣陸錫熊臣孫士毅

總校官臣陸費墀

郴江百詠箋校序

戊午之秋余于役武林於湖濱圖書館即清代文瀾閣觀所貯四庫書得宋阮閱休所著郴江百詠一卷本原出厲樊榭家百詠舊闕其八往余在里見郡乘存詩祇二十五首一旦幾獲全璧喜不自勝亟資倩館胥錄之適胥忙寫他帙余亦不遑久待迫冬以葬兄匆促歸里纔逾歲邑遘匪陷先世所貽𢄙廬委之一炬楹書奚啻萬卷亦隨化刧灰矣亂後無家挈孥流播乞食四方比夏復緣事蒞杭迺索自館則此本是也幸茲戔戔者昨以遲繕故得免於難什襲篋衍幾易葛裘今春霪雨杜門始獲取而讀之睹所詠皆吾郡山川故實每爲他人所不及曉無怪

提要謂非對圖經有茫然不知爲何語者用是不揣固陋暇輒遂爲箋注復取校郡乘所載得便縣高亭二什爲四庫本所無者亟據補入百詠至是僅佚其六而亦翔晰可誦矣惟是羽弑義帝一坏之土爲吾邑最古名蹟見於漢書地理志及水經註今郭西猶高塚巍然而詠遺之邑人夙好矜崇方外以綵飾山川而詠題清淑堂祇云三仙一相可知佛有二仙有九當時尚無此說然吾鄉慈祐寂照禪師俗所稱無量壽者顯化湘山頗見宋人記載其遺迹當非全屬虛構而詠亦竟不之及豈均在所散失之數歟是不可知而要之其詩足爲一方數邑考古資則靡不公認也覆鈔既竟爲識其原起於此時中華民國二十

一年壬申三月雯裳陳九韶序

一年壬申三月梁棠陳九疇序

郴江百詠箋校凡例

一是詠因四庫提要謂不注本事非對圖經有茫不知爲何語者故特將各題山川故實按之舊日郡志一一詳爲注明用便讀者至詩中泛用普通諸典不關郴事者槪不闌入間注一二則以詩意稍晦用達厥旨非自亂其例也

一詩內誤字甚多其疑似者自應互存備考其確誤者如不須更着登山屐屐誤爲履匡牀麈拂枯籐杖麈誤爲塵之類則竟行更正不復注明

一提要謂百詠郴江志亦不載想當時偶未細檢其實郴志僅載阮一序并詩二十五首餘悉久佚今所存各詩俱分

注各題之下用便對勘

一各詠次第一依四庫本不敢稍有顚倒對校郴志本增入便縣高亭二什爲四庫本所無者則列載於末

一玉篇箋表識書也博物志鄭康成註毛詩曰箋或云毛公嘗爲北海郡守鄭是此郡人謙敬不敢言註但表識其不明者耳 韶註是詠亦曰箋則非敢妄擬古哲不過自慚譾陋乞靈圖經不足言註偶有勘誤故曰箋校而已 大雅閎達倘冀有以教之

郴江百詠目錄

柳江百詠目錄

附錄

郴江百詠箋校

宋阮閱撰　陳九韶箋校

東樓

郴志存　按即郴東門城樓明代易名來鶴樓舊有何紹基篆書題額民國十七年春爲赤匪所燬

危城雉堞對東山東山見後誰栁高樓十二欄獨鶴不來葛洪列仙傳蘇仙公得道升雲去後有白鶴來止郡城樓上人或彈之鶴以爪攫樓板似漆書云城郭是人民非三百甲子一來歸吾是蘇公彈我何爲洞仙傳謂仙公即蘇耽也松已老唐李涉有題蘇仙宅枯松七絕詩一首春風動處日三竿

上仙閣

按東樓在蘇仙故宅傍踞地既崇樓又傑出極便遠眺此閣即東樓之最高層玩詩意可以想見且下列俯春亭亦在城上均連類及之也

曲檻危梯紫翠中蘇仙宅畔宅見後古城東不須更著登山屐萬岫千峰一目窮

俯春亭

亭舊在東樓前月城上因逼於東樓清同治間毀

城上危亭可摘雲四邊山色翠爲隣下窺城郭無餘蘊草色花光盡是春

山陰堂

郴志存　郴志流杯池在燕泉傍石罅天然紆折流注舊有山陰堂

修竹蒼蒼似剡川浮觴可繼永和年不知誰有義之筆欲寫蘭亭第二篇

藏春亭

郴志存　按郴志引春亭在燕泉上明統志宋折彥質居郴時剪茅爲亭匾曰燕泉後更名引春前題山陰堂既隣燕泉此必連類詠及疑即引春之訛玩詩意似又以藏字義爲勝或藏春不誤而引春誤歟

百紫千紅一徑深臙脂爲地粉爲林有人來問春何在向道花間無處尋

靈壽菴 菴今無考按郴志靈壽山在州南三十里舊名萬歲山或當時山有此菴歟

結茅編竹對高叢不種修篁不植松但得數枝花似雪何須裁

截伴枯笻 水經注萬歲山有石室中有鍾乳山上悉生靈壽木郡國志山有靈壽木可爲杖

清淑堂 郴志清淑堂在州治宋南渡後建明統志當時建於州治者曰誠意曰中和曰仰賢曰思政曰清淑凡五堂又按此下至擷芳園似皆在當時郡署內

三仙一相有遺風 蘇仙成仙露仙相劉瞻也均見後 清淑誰言到此窮 韓愈送廖道士序郴之爲州在嶺之上中州清淑之氣於是焉窮 寄語郴陽忠信士 又韓送廖序意必有魁奇忠信材德之民生其間 得名端合

謝韓公

篔簹亭

娟娟細細兩三叢却厭桃花相近紅已有數枝湘浦月不須千

畝渭川風

三懷堂

東京吏治孰稱循范氏纔書十二人 范曄後漢書循吏傳衛颯任延王景秦彭王渙許荆孟嘗第五訪劉矩劉寵仇覽童恢 前日桂陽三太守 郴志漢高帝五年以長沙郡爲國分長沙南郡爲桂陽郡治郴又按衛颯茨充許荆俱嘗爲桂陽守

後漢書茨充無傳事蹟附衛颯傳末 許誰來此繼芳塵

射圃亭 郡署東傍舊有箭道一亭翼然昔郡守在此較射卽其遺址

不似投壺漫雅歌縱賢無奈罰觥何若知蓬矢桑弧意何用穿

楊中鵠多

紫芝亭

和氣薰蒸庶草靈昔年聞有紫芝生 郴志唐憲宗元和九年桂陽郡產靈芝七本 史官不

絕書祥瑞幾欲圖形獻此名

擷芳園

萬蕚千枝二月春只愁風雨便成塵不知誰擷香英去自有尋芳拾翠人

砌臺（今不可攷玩詩即當時登城之石階）

翠珉斜倚若危梯上出高城枕下池不但綺羅爲戲事（五代史吳越世家昭宗詔錢鏐圖形淩烟閣升衣錦營爲衣錦城鏐游衣錦城宴故老山林城郭皆覆以錦綺）又將臺使（容齋隨筆晉宋間朝廷禁省爲臺故稱禁城爲臺城使者爲臺使）補廬兒（前漢書鮑宣傳蒼頭廬兒皆用致富注漢名奴曰蒼頭諸給事殿中者所居爲廬蒼頭侍從因呼爲廬兒）

西樓（即西門城樓）

危樓百尺背東山簾幙秋風捲暮寒好向殘陽新月看幾人曾此凭欄干

眞仙亭（在文明山支麓曾家嶺大石傍今毀）

雕甍畫棟對羣山遠目增明盡日看無奈人心多險僞競求拳石作峰巒

碧虛亭（郴志存在今蘇山麓白鹿洞護碑亭上）

筇竹枝彎屐齒搖登臨身覺在烟霄千峰險似三川峽一水聲如八月潮

北湖亭（亭在北湖畔舊跨孔道今尚存因另闢車路行人鮮經頓成幽僻矣）

簷楹山影水光中攜酒時來伴釣翁四岸烟雲芳草綠一欄風雨落花紅

綠淨堂 堂舊在化龍橋傍河街今毀韓退之題衡石鼓合江亭詩紅亭枕湘江蒸水會其左瞰臨眇空闊綠淨不可唾堂名實取此意化龍橋外正二水合流故詩亦謂爲言此處似蒸川也

綠如青草淨如淵遠近山光上下天有客凭欄若相問爲言此處似蒸川

湖亭 郴志存　按即北湖叉魚亭舊址民國十七年亦燬於匪

城外高堂俯碧灣山如螺黛水如環有時鼓棹來尋勝直到斜陽未欲還

北園 園不存玩詩末二句之意園當夾橋井觀州署之間意即今新華學校後園地且有小溪流與詩意脗合也

一塢春風北苑芽滿川流水武陵花溪東舊觀仙人宅城內高樓刺史家

韓昌黎寄郴州李使君文宴州樓之豁達又柳宗元有和楊尚書郴州追和故李中書登北樓詩

輝松臺 不可攷玩詩意當在靈壽山

靈壽峰前路有苔松門依舊對山開幽人野叟尋僧至時有輝輝大旆來

燕堂 不可攷玩詩意似當在昔郡署內

山有香爐水有瓶齋無塵榻閤無鈴匡牀塵拂枯藜杖門對江山日夜扃

竹軒 不可攷詩謂對北垣當在昔郡署內無疑

軒戶蕭條對北垣誰來此地種檀欒無人會得青青意雨洗風吹葉葉寒

白蓮亭 亭誤應作池郴州白蓮池在州北三十里石峯峭拔如城前後三徑可通中一池約寬半畝因栽白蓮名白蓮池舊有菴清初喩國

石甃方池種白蓮庵僧欲紹遠公禪文皮麈尾來遊處誰似廬

人先生往招徒講學後遂卜居於此子孫繁衍今名喻家寨

山十八賢

南樓

即南門城樓今亦毀

雉堞譙樓紫翠環紅塵擾擾白雲閒蠻烟瘴雨千峯外邑屋人家十里間

東園

遺址今不可攷

芳春閣外茂林中池上新橋綠徑通誰種松篁藏古意我栽桃李引春風

蘇仙觀

郴志存蘇仙名耽東漢時人觀即其故宅今名橘井觀在郴城東門外

寂寂星壇長綠苔井邊橘老又重栽城頭依舊東樓在未見當時鶴再來

成仙觀

郴志成武丁漢靈帝時人初爲臨武小吏因一事詣郡太守署爲文學主簿後被使至京過長沙遇二仙人各與一丸吞服遂得道晉葛洪列仙傳亦記其事

仙去家家幾百春故居依舊在湖濱

列仙傳郡府君嘗爲丁郡城西北立宅今詩稱湖濱云云按北湖正在郡城西北隅宋時嘗有觀猶存今觀移縣仙嶺矣

枝頭禽語人難會

列仙傳成嘗與衆共坐聞羣雀鳴而笑之衆問其故答曰市東車翻覆米羣雀相呼往食遣視信然

石上騾蹤事已陳

郴志仙尸解後郡府君自殯之數日後其友從臨武來於武昌山岡見仙乘騾西去問之曰暫到迷溪即返今石嵓上猶留騾跡

露仙觀

郴志王錫唐宣宗時人遇異人於山中迎至家師之得授祕書曰天閣鍵鑰悉在子矣且告以咸人通某年秋當有甘露降於庭服之可上昇言竟忽失所在後於天復三年於山中白日羽化以其飲露成仙遂號曰露仙即於其山立臺名露仙臺本郡西南舊有露

仙觀在露仙橋側橋今名康家橋

寂寞荒壇枕水邊長沙施藥已千年郴志仙嘗至長沙值大疫携壺至市施餌一郡痞瘼皆起松
間風露如前日何事無人更得仙

騾穴觀郴志存題作武昌山按觀在武昌山今猶存易名騾仙菴

朝辭湘楚暮山東今在蓬萊第幾峯可笑時人空擾擾武昌山
下問騾蹤郴志宋慶歷中有士游東嶽謁主簿郭友甫甫留飲送歸邸士爲詩付吏云白騾代步若犇雲閒游所至留詩跡欲知名姓問源流請看郴陽
山下石

景星觀郴志景星觀在蘇仙山腰古松夾道雲氣繚繞今名雲中菴又按唐廖道士嘗居此廖見韓昌黎贈序郴傳爲廖仙云

聖世休祥見景星曾聞瑞日慶雲生羽人中夜來朝斗透過松
梢一點明

東山郴志存郴志山在州東江外山有劉瞻讀書堂又有寺久廢

藜杖芒鞋過水東紅裙寂寞酒樽空郡人見我應相笑不似山
公與謝公

五蓋山郴志存即五嶺之一黃岑山脈郴志稱山在州東南六十里高二十里周迴百八十里多雲霧湘中記山有五峯狀如蓋鄉人每歲以雪占諺云五蓋雪普米賤如土雪若不均米貴如銀

五峯如蓋色蒼蒼隔斷蠻陬與瘴鄉纔見山中冬有雪郴人預
說歲豐穰

黃相山郴志存按黃誤應作王郴志稱即王錫父相舊隱處山巔露仙台遺址尚存

東帶連山接五羊山即黃岑嶺分支與大庾九連山脈相綿亘連山漢屬桂陽郡西分郴水下三湘路
人到此休南去路郴志作行去作望嶺外千峯盡瘴鄉

百丈山郴志存題作義通山按郴志義通山在桂陽縣西六十里湖南通志一名百丈山

縈迂鳥道少人通只有豺狼夜過蹤自銜崚嶒踰百丈安知七十二高峯

孤山郴志存題作獨秀峯按孤山湖南通志在桂陽縣南十五里今按在縣東北十五里俗名孤石橥峭壁巉巖中空外聳桂陽今更名汝城

瘴山蠻嶺鬬嵯峨上可攀躋下可摩按西庫本此句作高可頻登不可磨今從郴志本萬岫千巖皆闘茸闘郴志作闒按二字均可通一峯孤秀不須多孤郴志作獨如作須按詩義實以須字爲勝今從之

雕玉山郴志雕玉山在永興縣東七十里明統志遠望山如雕玉故名

培嶁崎嶇石面霄何曾溫潤似瓊瑤一堆頑碧郴江上縱有崑刀不可雕

桄榔山郴志桄榔山在永興縣東一里景星觀後上有桄榔樹結實可作麵湖南通志稱上多奇石

休言鳥道與羊腸鳥道羊腸不可方却喜年年種粦麥山中不用有桄榔

馬嶺湖南通志在州東北五里一名牛脾山又名白馬嶺後漢書郡國志桂陽郡郴縣南十數里有馬嶺山水經注馬嶺山高六百餘丈廣四十許里漢末有郡民蘇耽游此方輿勝覽謂蘇耽入山學道其母往窺之見其乘白馬飄然故又謂之白馬嶺

牛山日日夕陽紅鹿洞年年草色濃鹿洞見後更有當時馬行處郴人猶指舊騾蹤騾蹤見前

話石湖南通志話石山在郴北六十里今按在郴西南六十里一名華山高一百二十丈周迴二里湘中記嘗聞山間石有聲如人共語一統志山有孤石獨聳仙人於此談話今俗呼七子石

人世嘵嘵已不根那堪頑石更紛紛何如緘口藏長舌道路如

今早厭聞

白鹿巖 郴志存巖作洞 郴志白鹿洞在蘇仙山麓洞中可容席深邃莫知洞外舊有乳仙亭又志稱母初置耽於屋後牛脾山石洞中七日往視有鶴覆鹿乳復取歸教

風馭雲軒鶴羽輕野麋嘗此望霓旌當時巖下藏身處依舊春來草自生

坦山巖 郴志存 郴志萬華巖在坦山下多怪石流泉內有石田石倉石鐘石柱之類溪水自岩流出爲郴勝境非一游可盡內有宋太守趙不退勸農碑李樸書萬華岩三大字 又按此岩距城二十五里雄恠幽黝中包大溪爲迷橋河源岩口水深尋丈游者須乘桴秉松炬入約半里登岸以後泝流而上揭厲而行約冥行三四十里方得出竅岩內詭狀殊形驚心駭目錫名萬華洵所不愧近日西人亦時携游屐焉

空山夜雨鬼神愁恠石層崖虎豹憂鳥道不通車馬到只供衲

子羽人遊

兜率巖 郴志存 郴志兜率巖在興寧縣南三十里一名靈岩輿地紀勝中有洞方廣如堂可容百人泉水湧出纍纍如楊梅亦名楊梅堂方輿勝覽岩在資興寨傍有石像如僧十八 明統志岩內空闊有石觀音羅漢像又有石幢石鐘石鼓擊之有聲 又按岩內有溫潤赤色石興寧今更名資興

泉如鉛汞流丹竈石似珊瑚出海濤不會當時融結意區區雖巧亦何勞

王履巖 巖誤應作山 郴志王履山在永興縣東四十里元和郡國志舊傳越王經此遺履

勾踐因何渡楚川蒼蒼雙石臥寒烟當時縱使爲淫巧片石安能作履穿

郴江口 郴江口在州北八十里瓦窯坪上又名老江口郴水至此合大面洲水稍闊勝舟

湘江口 [illegible]

[illegible]

幻疑因何[illegible]楚川[illegible]

王闓運 [illegible]

巧亦何為

泉[illegible]

[illegible]

空山夜雨[illegible]

[illegible]

千秋人[illegible]

[illegible]

來草白生

[illegible]

白[illegible]

今早[illegible]

扁舟斗轉疾如飛對此令人憶退之不但郴江有佳句叉魚禱雨盡留詩

韓愈郴口詩山作劍攢江瀉鏡扁舟斗轉疾如飛又愈集有叉魚招張功曹詩郴江禱雨詩

靈湫

即北湖水源寬廣可百餘畝郴志唐建中時內有孽龍爲患郡人曹代飛者擅道術與門以箭射之死有司表奏欲官之飛辭歿後民感其惠祀之至今奉爲龍神焉

老蛟力鬬死池中山下流泉暗谷通風雨年年常十五休將涓滴強邀功

中洲

郴志中洲在蘇仙橋上太平寺下今更名東沙洲舊在郴河中央故名中洲今河淤與西岸市闤連接矣

捲地江流遶古城參天喬木一洲橫年年秋雨無情甚沙嘴纔高又壓平

怨溪

即今五顯祠前之小溪劍泉在此溪中故稱劍溪劍怨音近故當時訛爲怨溪

濺濺溪水石磷磷兩岸山花野草春流去前灘無處問不知當日怨何人

崇德河

即怨溪此溪流經過法寶寺入郴江寺原爲小阜稱崇德山後平爲寺宋宣和間此山尚存因其經繞故閔休更名爲崇德河也

楚俗聲音誤最多近來方證桂門訛分明流向郴人道此水今名崇德河

千秋水

郴志千秋水在州南三十里源出靈壽山山舊名萬歲故水名千秋東流入沙江

不求至道不修眞一穴涓涓豈有神王錫蘇耽已仙去未應皆是酌泉人

潮井

郴志存按郴志潮井有二一在郴西九十里潮泉寺一日三潮一在桂陽縣方輿勝覽在縣南每二月後至秋初每日丑時水湧流至申時住八月至春初從申時湧至丑時住今汝泉在縣北之堆頭庄

朔月盈虧已可疑隨泉上下更難知錢塘江畔吳山外誰見來時與落時

浪井 郴志作浪泉在宜章縣北十里黃岑山

可畏人情與世途險如波浪起江湖豈知荊楚山川地坎裏泓泉無處無

橘井 橘井在蘇仙故宅即今橘井觀列仙傳蘇仙啓其母曰耽受命當仙被召有期違於供養明年天下當疫癘庭中井水簷邊橘枝可以代養井水一升葉一片可療一人

蘇仙舊隱已藤蘿橘井空來歲月多擷葉汲泉皆朽骨郡人猶說愈沉痾

愈泉 郴志存 郴志泉在州南愈泉門輿地紀勝清冷甘美初名甘泉人患疾飲之立愈唐天寶間改名愈泉

未載人間肘後書此名直恐是相誣古人詩病知多少試問從來療得無

圓泉 郴志存 唐張又新水記圓泉在郴南十五里稱爲天下第十八泉又名除泉水經注除泉水出郴縣南湘陂村村有圓泉廣圓可二百步一邊暖一邊冷韶按邊冷邊暖吾鄉固無此泉昔時交通不便凡屬偏遠難於證實皆得鑿空言之以炫其奇明何文簡已辭而闢之矣泉實在今大埜頭玲瓏岩畔俗呼娘娘井又名玲瓏泉方隅道里均與水記符合昔人乏眞鑒求其處而不得宋張舜民遂以永慶寺窮泉當之因以己字易名浮休泉万俟侶又以郴南二十里會勝寺蒙泉當之均誤

清洌淵淵一竇圓每來當爲試茶煎又新水鑒全然誤第作人間十八泉

溫泉 郴志存 按郴志載溫泉各縣均有宜章且有八處郴有二一在距城西北十五里陷池塘一在西北八里花園裏民國八年譚公延闓駐兵於郴時闢廣爲池三均甃以石且建亭榭石几座以便游人解衣就浴焉

誰將炎熱換清涼，可使澄泓作沸揚。從賜驪山妃子沐，人間處處重溫湯。

香泉 湖南通志香泉在州南五里一名香花水井按今在宜道旁已封閉傍舊有香山寺久廢山谷間有唐時古桂大可數人合抱郴俗稱桂爲香花樹泉因此得名樹今尚存

僧舍靈源靜不流只供齋鉢與茶甌直應老衲投薰陸石罅雲根久未收

醽醁泉 郴志存　郴志稱泉在興寧程鄉湘源橋通永邑道旁俗名碓臼井湧泉一淺夏不涸春不泛淆之不濁以之釀酒味醇厚亦可千日上有靈泉寺舊址又按水經注郴縣有淥水出縣東侯公山西北流而南屈注於耒謂之程鄉溪郡置酒官醞於山下名曰程酒又九域志郴縣有醽醁水即指此

玉爲麴蘖石爲壚萬榼千壺汲未枯山下家家有醇酒釀時皆

用此泉無

蒙泉 按志蒙泉有二一在郴南會勝寺一在宜章縣東一里蒙岩麓蒙洞泉香爲邑八景之一

流出山根無盡時潛深不似瀑泉飛此時非淨還非垢欲洗須知是鈍機

劍泉 泉今在郴治西南五通橋下溪中方輿勝覽石罅間泉躍而出因項羽將英布卓劍於此而泉出故名宋張舜民舊鐫有銘今已湮不可攷

太阿氣在斗牛邊報惠論讎世有仙黥賊東來攜敗鐵地靈安肯爲生泉

貪泉 盛弘之荊州記黃岑山水出注於大溪號曰橫流溪水甚小多夏不乾俗亦謂之貪泉

玉潔冰寒徹底清不因汲引有虧盈廉泉讓水渾無異空使時人惡此名

寒泉在郴西十里之高壁寒溪壩泉在溪傍

春欲爲霜夏欲冰一山寒氣逼人淸應知炎冷難同處甘與湯泉各自生

郴江湖南通志發源黃岑山北流入耒水一名黃水一名郴水水經注黃水出郴縣黃岑山

不分涓滴溉田疇只有重灘礙巨舟險似瞿塘并贛水豈能如鑑瀉淸流

靈壽木水經注萬歲山有石室中有鐘乳上悉生靈壽木郡國志山有靈壽木可爲杖漢平帝嘗以賜孔光

聊依枯木伴寒藤曾爲當年孔傳生寂寞空山窮谷裏如今文杏又爭名

茶山寺遺址不可攷

莽草寒蘆事不經八峯高在亂雲層只因一句鵝湖讖按贛廣信上饒有茶山寺爲宋曾幾讀書處鵝湖亦在廣信鉛山是必與有關連惟所謂讖者徧檢彼教書亦未得容再考直至如今有此稱

會勝寺郴志寺在州南二十里秀才鄉原有蒙泉泉從石竇中出宋万俟侶題爲天下第十八泉實誤

靈壽山前古梵宮粥魚齋鼓白雲中衲僧若會蒙泉意竟與曹溪一徑通傳燈錄梁天監元年有僧智藥泛舶至韶州曹溪水口聞其香嘗其味曰此水上流有勝地遂開山立名寶林乃云此去百七年當有無上法寶在此演法今六祖南華是也

香山寺郴志寺在州南五里今廢見上香泉

十里城南古道場一泓寒水翠微傍幽人衲子時來汲疑是山中草木香

崇穀寺寺不可考疑即郴城外法寶寺原一小阜名崇德山或當時此寺名崇德寺穀即德之訛歟

城外招提竹隱門，更無一點利名塵。蒲團紙帳松牕下，却有安禪藏卷人。

乾明寺 遺址不可攷

寺古僧殘丈室空，我來試問老禪翁。直松曲棘都休道，庭下山茶爲甚紅。

開福寺 即今郴江古寺，在東門外蘇仙橋畔

郴江東畔小禪林，誰見當年地布金。夜磬一敲僧定出，水聲東去月西沉。

開利寺 即今城西開元寺

修篁喬木水西涯，古屋頹垣達磨家。持鉢但聞僧乞供，杜門不爲客烹茶。

東山寺 寺遺址即前東山書院，今廢

竹外長橋過水西，林中鐘磬舊禪扉。笻迎殘月僧包去，帆背斜陽客艇歸。

太平寺 遺址即今烏石磯小娘娘廟。郴志另有太平寺在州南十五里

石虎城見後東郴水邊，支提突兀祖燈傳。有人認得雙巖桂，何必庭前柏子禪。

南塔寺 郴志存寺在今文明山後南塔鐘聲爲郴八景之一

江岸南峰對石城，僧房高在亂雲層。臺前天闊秋多月，塔上風微夜有燈。

妙勝寺 在郴城西約半里即今水星樓

誰營僧舍近西城今與行人作短亭庭下秋風花簌簌塔前春水竹青青

永慶寺 寺舊有窮泉相傳昔楚義帝爲項羽將英布追逐於此勢窮遂死故名見一統志宋時張舜民愛其清冷而甘因以己字易之名浮休泉明時拓建學宮寺基遂併入泉與寺均湮廢久矣

空庭生草路生苔寂寂荊扉小徑開有客試泉方到此須知不是爲僧來

尊勝寺 不可攷

老僧不復識叢林只說幽棲是息心可惜一溪東去水更無軒石稱登臨

白虎城 水經注郴縣有義帝冢內有石虎因呼爲白虎郡

楚人未築上游城千古寃聲尚未平雉堞渺然無石虎不知何用昔時名

石城 石城江在郴永豐鄉距城二十里

郴江淼淼接湘天層壁重崖白水邊 白水今在永豐鄉王相山麓 數日東風春浪惡漁舟不是莫愁船

蘇仙祠 祠在馬嶺巔按志稱唐開元十九年詔有司飾其廟宋大中祥符間勅名集靈觀

羽節雲旌事已空舊庵今在最高峰拂壇不見當時竹 太平廣記仙哭母處有竹兩枝無風自掃其地恆淨 繫馬猶存舊日松 郴志仙母歿時郴人葬於城東宅後人望牛脾山若有白馬繫林間又馬嶺雲松爲郴八景之一

孝婦塚

郴志節孝後漢歐陽士耑妻蔡宜章人耑為潭州教授丁父憂歸值猺亂道梗寓永興姑歿夫亦死蔡哀戚盡禮鄰里失火蔡抱柩痛哭俄而風回火熄人以為孝感所致入通志有塚在縣西北里許

國史班班有舊聞欲將重說與郴人教知孝婦潛然意可比神仙噀酒神

郴志仙釋成武丁傳太守周昕因元日讌羣官使丁行酒忽含酒西噀守有恚色武丁徐曰適見臨武大火故假酒救之未二日縣令張濟上書稱元日民間失火俄雨大至火滅皆聞酒氣

久留岡

郴志存郴志岡在州西五里桂門嶺西北郡國志漢太守衛颯罷郡還京父老攀留於此

潁民聞欲問郴民衛颯如何似寇恂只恐當時遮道者不應皆是借留人

後漢書光武帝以寇恂為潁川太守將去吏民留之言願從陛下借寇君一年

劉相國書堂

劉瞻字幾之其先本彭城後徙桂陽郴縣瞻奇偉能文大中元年進士擢博學宏詞科咸通十一年以中書侍郎同中書門下平章事事蹟具新舊唐書有徵時讀書堂在郴東山後改為寺又改為書院今悉廢

疎林翠竹水滄滄聞是劉公舊隱堂但得青編有完傳故居寂寞亦何傷

窊樽

湖南通志窊樽石在郴魚降山中宋張浮休刻銘石上然郴志又云劍泉自窊樽亂流穿石中過清淑橋為下川當別一窊樽矣未知孰是

山中聞有酒官泉見上醽醁泉復得窊樽在水邊荊楚人皆喜羣飲見時應覺口流涎

迷橋

郴志存在郴西北五里迷溪上溪水由坦門巖流出髣髴若桃源故名迷溪

林花岸柳草芊芊山下長橋跨碧川往事茫茫無問處不知迷俗是迷仙

志載成武丁尸解後其友人從臨武來於武昌岡上見乘騾西去友問何之曰暫到迷溪卽返

桂門關

在郴西北五里許為往來要路昔鑿山通道有隘可守故名關訛呼為鬼門關故詩云云

惡名辨正可無疑已有金華學士題寄語往來荊廣客鬼門關

在鬱林西舊唐書地理志容州北流縣南有兩石相對遷謫至此者罕得生還俗號鬼門關按北流舊隸廣西鬱林州金華學士疑係指曾官翰林學士預修唐書之宋祁也

漏天下當遺一嶺字按郴志漏天嶺在宜章東北九十里山巓有池寬十餘畝又明一統志萬山環合多雨少晴

從古常聞有漏天此言恐是里人傳山深自合常多雨不是媧皇補未全

飛仙橋即今蘇仙橋郴志仙母故郡守張邈往弔求見仙出半面光彩照人因謂守曰山谷幽遠日暮難歸遂手擲襆拂成橋令衆閉目而登頃刻至郡後人乃即其處爲浮梁焉昔架木爲之名飛仙橋明時邑人崔巖易以石始更今名

櫃中飛出過遼天郴志仙母有需叩櫃立至衆異之啓視有鶴飛去樓上歸來又幾年雲物已閑松已老二句均見上芝田依舊在橋邊

棲鳳驛按唐劉禹錫和楊侍郎初至郴州紀事書情題郡齋八韻詩有驛樹鳳棲來之句原註州北棲鳳驛圖經云常有威鳳降於庭梧也據是棲鳳驛之名自唐已然即今棲鳳渡在郴治北五十里

鳳出明時欲覽輝棲桐食竹屢來儀空山窮谷無丹穴肯伴鷄鴉共一枝

龜峰舖在郴東永豐鄉二十里今名龜形舖

山似龜形古戍西路人到此欲稽疑刳腸鑽灼猶難信頑石何緣解有知

蔡倫宅後漢書宦者傳蔡倫字敬仲桂陽人以永平末給事宮掖和帝初轉中常侍加位尚方令元初元年封龍亭侯自古書契多編以竹簡其用縑帛者謂之爲紙縑貴而簡重並不便倫迺造意用樹膚麻頭及敝布魚網以爲紙奏上帝善其能天下咸稱蔡侯紙又後漢書注耒陽縣北有漢黃門蔡倫宅宅西有一石臼云是倫舂紙臼也按今桂陽州亦有蔡倫故宅不知孰是桂陽州漢爲耒陽縣屬桂陽郡至宋時尚然也

竹簡韋編寫六經不知何用搗枯藤自來杵臼深藏後寀楮春桑事已更

西湖 按即今龍泉塘湖南通志在郴西五里乃郴八景之一曰龍泉煙霧原甚廣今淤墾爲田矣

岸草江花對夕陽滿船新月夜鳴榔秋清菡萏紅千柄風靜琉璃碧一方

便縣 此詩四庫本所無據郴志補 按即今永興縣舊治在今縣城東南永興漢名便縣魏晉因之宋廢陳復隋開皇九年又廢地併入郴唐開元十二年再復易名安陵移治高亭旋更名高亭縣逮宋熙寧六年太守李士燮建議改爲永興再移江上今治

兎葵燕麥撼春風廢址頹垣古縣封聚落已遷江上去隔林依舊兩三峰

高亭 此詩四庫本所無據郴志補 按即今永興所轄之高亭司清置巡檢現爲衡陽道郴宜之汽車站其沿革詳上便縣注

蒼苔黃葉滿閒庭門對南山數點靑過客不知興廢事猶言縣字是高亭

附錄

宣風道上

馬蹄西去夕陽催濃淡寒山翠作堆北雁無情怕秋熱帶將寒信過江來

題春波亭

數葉荷衣一短藜春波亭上依斜暉無人會得詩中畫凭盡闌干又獨歸 二詩見袁州府志